Franz Abels

Wahn sinn 2000

Gedichte · Briefe · Aphorismen

*Franz Abels
25. Mai 2014*

1. Auflage 1987
2. Auflage 2012; verbessert und ergänzt
Foto: Sander, Köln · Zeichnung: F. Abels
Satz: typeservice, Köln
Druck und Herstellung:
Luthe Druck und Medienservice KG, Köln, www.luthe.de

ISBN 978-3-922727-81-1

Nachdruck, auch auszugsweise nur mit schriftlicher Genehmigung des Autors

Aus meinem Kopf soll mir niemand
etwas streichen, denn, meine Gedanken,
meine Wünsche und Träume gehören mir.

Doch, wenn ich damit beginne sie aufzuschreiben,
dann Tinte verblasse nicht.

Es ist nicht leicht, ein fröhliches Gedicht zu schreiben
in einer Zeit wo Böses uns umgibt
wo täglich Menschen Menschen treiben
und Leben löschen – kaum einer gibt

Und nur der Mensch, er ganz allein
stellt diesen Zustand her
die Tötungslust muss teuflisch sein
das Recht hierzu, wo nimmt er's her.

Wer heut an nichts mehr glauben kann
und sieht das Menschentum verkommen
nicht einen Augenblick mehr hoffen kann
der hat sich Falsches vorgenommen.

Nimm ab die Ketten, die Dich fesseln
vertrau der eig'nen Kraft
steh auf, verlass die weichen Sesseln
die Dich so träg und müd' gemacht.

Verlass oh Mensch die Erde

Ist diese Welt in der wir leben
für Menschen denn noch lebenswert?
wo sinnlos unser ganzes Streben
von Hass getragen nur zerstört?

Verlass oh Mensch die Erde
denn Du verdienst sie nicht
Du schaffst doch nur Beschwerde
den Himmel siehst Du nicht.

Dein Sinnen und Dein Trachten
kennt nur das eine Ziel
zu töten und zu schlachten
Du bist Dir selbst zuviel.

Wer hat Dir aufgetragen
des Menschen höchstes Gut
sein Leben zu zerschlagen
den Körper, wo die Seele ruht.

Ist Dir die Erde denn zu klein?
hast Du nicht Platz genug
so halt sie doch für andere rein
verlasse sie in schnellem Flug.

Benutz die Nacht hierzu, bevor es hell
nimm eins der schwarzen Pferde
und reit' davon und reite schnell
verlass oh Mensch die Erde.

Die Sonne scheint für alle

Die Erde ist so groß und schön
ihr braucht sie euch nur anzusehn.
Dann seht ihr auch der Vielfalt Pracht –
an jeden Menschen ist gedacht;
die Sonne scheint für alle.

Brot und Wasser reichen aus,
macht doch für alle etwas draus.
Noch reicht die Zeit, lasst es geschehn,
bevor wir ganz zugrunde gehn;
auch Arbeit gibt's für alle.

Das Trachten nach dem frühen Tod
und Sterben dann im Morgenrot
ist niemand von uns aufgetragen.
Füllt lieber all die leeren Magen;
das Recht zu leben haben alle!

Es ist soweit – die Erde stirbt

Die Blumen, Sträucher und die Bäume
die Tiere draußen in der Flur
noch sehn wir sie, bald sind es Träume
die Pflanzen und die Kreatur.

Wo einst der Blüten süßer Duft
Insekten angelockt und ihre Körper honigschwer gefüllt
wo scheues Wild geäst, das frische Gras gerupft
da wird es einsam sein und still.

Das Aug' verliert sich in der Weite
kein grüner Strauch hält es mehr auf
die Bäume liegen morsch zur Seite
und keine Blüte geht mehr auf.

Kein Vogel steigt mehr in die Lüfte
verstummen wird der Lobgesang
verseuchter Regen schließt die Grüfte
und so beginnt der Untergang.

Sei denn, wir öffnen unsere Augen
und sehen den Zerfall
verursacht durch das Gift der Laugen
der Tod durch Fortschritt lauert überall.

Das helle Licht der warmen Sonne
verliert sich meilenweit
nichts hält sie auf spürt ihre Wonne
der schattenlose Untergang ist nicht mehr weit.

Es ist soweit - die Erde stirbt
oh Mensch, bald hast Du es geschafft.

Wolken liegen auf der Stadt

Mein Gott, wie sieht der Himmel aus
was machst Du mit der Erde?

Es dauert sicher nicht mehr lang
dann bleibt die Erde stehn
vor diesem Stillstand wird mir bang
und kannst Du diese Angst verstehn.

Was ist, wenn morgens ich erwache,
mit Dunkelheit beginnt der Tag
die Sonn' steigt nicht mehr hoch am Dache
der Hahn auch nicht mehr krähen mag.
Denn graue, schwere Wolken liegen auf der Stadt
drücken auf die Häuser, drücken alles platt.

Soll das der Garten Eden sein
seit lichtmillionen Jahren
und täglich heller Sonnenschein?
Das kannst Du uns ersparen.

Denn überall regiert der Hass
tief sitzt er in den Seelen
und Leben – ist das wirklich Spaß
wo Achtung und die Liebe fehlen.

Graue, schwere Wolken, liegen nicht nur auf der Stadt
sie drücken auch die Seelen, drücken alles platt.

Wind, bleib doch mal stehn

Was wäre die Erde ohne Wind
das Wasser ohne Welle
stell dir vor, es ging kein Wind
dann stünde alles auf der Stelle.

Deshalb Wind, bleib doch mal stehen
nur für ein paar Tage
dann soll sich auch kein Lüftchen drehen
nur für ein paar Tage.

Meeresrauschen, stell dir vor
wird es dann nicht geben
auch kein Säuseln für dein Ohr
wäre das ein Leben?

Blütenstaub könnt nicht mehr fliegen
keine Frucht fiel mehr vom Baum
da, wo sonst die Blätter liegen
sieht man Pflanzen kaum.

Auch die Tiere weit und breit
litten große Not
denn kein Futter läg' bereit
viele wären tot.

Deshalb, lieber Sausewind
bleib nicht lange stehn
täglich brauchen wir den Wind
denn unsere Erde ist so schön.

Rache der Natur

Tonnenschwere Erde
stürzt herab ins Tal
sintflutartig strömt das Wasser
und begräbt das Tal.

In Sekundenschnelle
rächt sich die Natur
tanzt fröhlich auf der Schlammeswelle
töten will sie nur.

Will alles Leben löschen
schüttet die Häuser zu
will sich für den Frevel rächen
Mensch, das warst nur du.

Unten tief im Schlammesgrund
hauchst du jetzt dein Leben aus
Augenstarre, Schaum vorm Mund
nun ist alles aus.

Die Erde will nur Leben schenken
mit Wasser, Luft und Licht
wenn wir das ab heut bedenken
wiederholt sich diese Rache nicht.

Revolution der Vögel

Alle Vögel groß und klein
wollen nicht mehr fliegen
stellen auch das Singen ein
lassen auch das Futter liegen.

Amsel, Drossel, Fink und Star
Nachtigall und Meise
und die ganze Vogelschar
bleiben stumm und leise.

Früher war der Wald da draus
so ein schönes Paradies
doch, wie sieht der heute aus
dunkelgrau und mies.

Würmer und Insekten
gibt es kaum zu sehen
wo sich einst die Hamster neckten
bleibt schon längst kein Reh mehr stehen.

Warum wollt ihr denn noch singen
sprach der Specht zum Finken
wenn eure Lieder nicht mehr klingen
Luft und Erde stinken.

Bäume, groß und stark gewachsen
frischer Farn im Unterholz
das gefiel den flinken Dachsen
und die Förster waren stolz.

Schon beim kleinsten Wind
knicken Ast und Baum
das geht so geschwind
bald ist aus der Traum.

Der, vom schönen Wald da droben
mit der Luft rein und gesund
wer soll noch den Schöpfer loben –
Mensch, Du bist der Grund.

Du hast die Erde nicht gemacht

Schimpf nicht dauernd auf den Regen
der dir stets das Haar benetzt
fluch' auch nicht wenn dir die Sonne
deine schöne Haut verletzt;
frag lieber nach dem Nutzen.

Du hast die Erde nicht gemacht
vom Schöpfer ward sie dir gegeben
in ihrer schönen großen Pracht
als ein Geschenk zum Leben.

Und fällt dann wieder mal der Regen
auf unsere Erde und dein Haupt
betrachte dieses dann als Segen
sei fromm und still,
dein Fluch ist nicht erlaubt.

Und haste nicht so schnell voran
verkürze deine Schritte
schau die dankbar alles an
denn jeder Dank ist eine neue Bitte.

Abschied von der Erde

Oh Erde, mir wird bang vor dir
schau ich ins Blütenmeer der Wiesen
schweigend stand ich oft schon hier
konnte den Blumenduft genießen.

Der Gräserblumen bunte Zucht
sah farbenfroh ich stehen
nun leiden sie an Magersucht
muss ich das verstehen.

Bienen und Insekten
flogen froh herum
derweil sie in den Blumenkelchen steckten
vernahm mein Ohr ihr Summ, Summ, Summ.

Oh Erde, mir wird bang vor dir
schau ich heut ins Blumenmeer der Wiesen
schreien möchte ich täglich hier
kann den Blumenduft nicht mehr genießen.

Bald gibt es keine Wiesen mehr
wo es zirpt und wo es summt
weil sich die Menschen mehr und mehr
in ihren Luxus eingemummt.

Bis ich das verstehen werde
nehme ich Abschied von der Erde.

Der tapfere Soldat

Dort in dem Graben liegt er nun
der tapfere Soldat
und niemand konnt' was für ihn tun
obwohl er noch geatmet hat.

Er ist nicht gleich gestorben
im Blut der offenen Wunden
dafür ist er allein gestorben
in Ohnmacht hat er Ruh' gefunden

der tapfere Soldat.

Verlassen

Ganz Polen ist in Rauch gehüllt
vom Feuer, das der Osten schürt
durch Kriegsrecht alles eingehüllt
trotz Feuer niemand Wärme spürt.

Weil auf den Osten kein verlass
schau'n alle hin zum Westen
auch das bedeutet Aderlass
die Brüder hier sind nicht die besten.

Sie geben zwar und geben viel
sie sehen auch die Not
und kennen auch das Teufelsspiel
das Leben mit dem Tod.

Statt abzurüsten - Stopp dem Mord
belassen sie's beim Schenken
und produzieren munter fort
sogar die Waffen, die sich selber lenken.

Das Brot, das sie Euch geben
es nährt nur kurze Zeit
ist Aufschub für ein Leben
voll Schmerz und der Verlassenheit.

Der Krieg ist vorbei

Der Krieg ist vorbei
die Menschen sind frei
von der schrecklichen Plage
und dem Blut dieser Tage
denn oft hat es gehagelt
so dass sie nicht wussten
wohin sie mussten
es kam dauernd Alarm
und die Flieger im Schwarm
über die Häuser sie sausten
und die Bomben die brausten.

Wer das erlebt
wie die Erde gebebt
wie die Menschen gezittert
weil ihre Körper zersplittert
und sich der Himmel vergittert
der weiß, wie furchtbar Kriege sind
denn Kriege machen die Menschen so blind.
Ist dieser Krieg nun wirklich vorbei?

Schattenspiel

Was wir von Geburt an hatten
ob im Liegen oder Steh'n
das ist unser eigner Schatten
den wir täglich sehn.

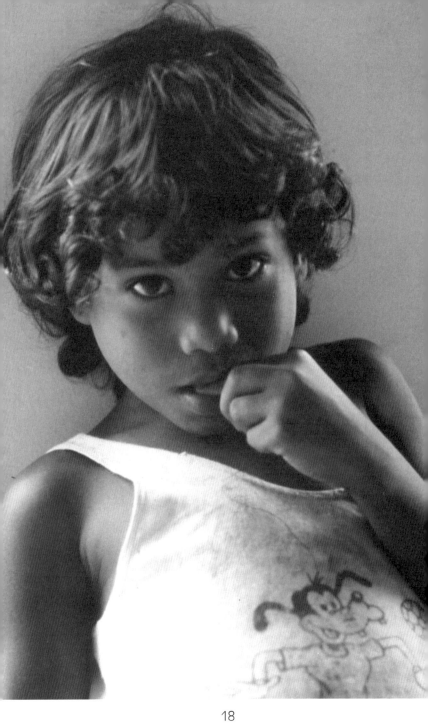

Bittende Augen

Zwei große Kinderaugen
schau'n ängstlich in die Welt hinein
und bitten Dich beim Daumen saugen
ach, nimm mir nicht den Sonnenschein.

Ich brauch' die Wärme - gib sie mir
damit ich wachsen kann
es ist so furchtbar, wenn ich frier
Du bist schon groß und besser dran.

Einst warst Du auch so klein wie ich
genauso hilflos und allein
mit meinen Augen bitt' ich Dich
bring mich nicht um, es darf nicht sein.

Lass auch die anderen leben
die auch so hilflos sind und schwach
wir alle haben nur ein Leben
hast Du noch nie daran gedacht?

Beim Blumen pflücken

Ein scheues Reh stand in der Lichtung
und wollt auch mal die Sonne sehn
da trat der Mensch aus dunkler Dichtung
und konnte es nicht stehen sehn.

Mit einem Schießgewehr hat er es umgebracht
ein Schuss peitscht durch den Morgen
das Reh – es hat doch nichts gemacht
es fühlte sich im Sonnenschein geborgen.

Dies alles hat ein Kind geseh'n
das vorsichtig im Gras sich bückt
lässt aufgeregt die Blumen stehn
die es bestimmt schon längst gepflückt.

Du armes Reh, haucht es ganz leise
ich fand Dein braunes Fell so schön
und Deine großen Augenkreise
nun bist Du tot, kannst nichts mehr sehn.

Und wenn ich jetzt nach Hause geh,
dann denk ich nur an Dich
und hoff' dass das nie mehr gescheh'
oh Gott, ich bitte Dich.

Ungleich

Das Leben paart sich mit dem Tod
die Gnade mit der Sünde
der Reichtum hat als Freund die Not
fürs Morden gibt es keine Gründe.

Auf dieser Welt darf nichts verderben
was nicht von selbst verdirbt
auf dieser Welt darf niemand sterben
der nicht von selber stirbt.

Wahnsinn

Es ist ein Zeichen unserer Zeit,
dass täglich viele Menschen sterben.
Es ist ein Wahnsinn unserer Zeit,
dass viele davon unnütz sterben.

November

Die Tage im November, die sind so dunkelgrau
verhangen ist der Himmel, der sonst so herrlich blau
die Schleusen sind geöffnet, der Regen fällt herab
in dieser kühlen Nässe, stirbt draußen alles ab.

So scheint es einen Augenblick und passt in diese Zeit
gedanklich sterben viele mit, weil sie so schnell bereit,
dem Untergang kampflos das Feld zu räumen, sie leben
nicht – weil Leben sie versäumen.

Es stört sie, dass in Wald und Flur die Stille dominiert
und außer Nacht und Dunkelheit,
da draußen nichts passiert.
Oh Mensch, wer bist du bloß, da Du nicht fragst
warum das Schweigen nicht so laut,
hast Du dein ganzes Leben, dem Zufall anvertraut?

So geh doch schlicht den andern Weg,
den kritischen - geh nicht allein
und schau, wie alles um uns lebt
nicht immer braucht's den Sonnenschein.

Mach aus den lumpigen Jährchen Dein
'ne jugendliche Feier
und lad hierzu auch andere ein
warum nicht mal den Meier?

Dann sind die Tage im November
für Dich nicht mehr so dunkelgrau
und auch der Himmel nicht verhangen
Du siehst ihn hell und himmelblau.

Warum

Du hast die Tränen nie geseh'n
und auch das Schluchzen nicht gehört
Du hast nur immer Dich geseh'n
das andere hat Dich nicht gestört.
Warum?

So leb Dein Leben schlecht und gut
Du bist der Ärmsten einer
und trachte nicht nach Geld und Gut
was Du suchst, das hat keiner.
Warum?

Auch Deine Zeit – Du bist schon alt
wird einst zu Ende sein
die Augen Dein, die schau'n schon kalt
das andere find' heraus allein.
Warum?

Die Hilfe, die ich Dir gegeben
Du hast sie abgelehnt
wir konnten beide damit leben
hast Du Dich soo vor mir geschämt?
Warum?

Ein neuer Tag

Nach einem ruhelosen Tag
das Leben nur noch schwach pulsiert
das Blut auch nicht mehr rennen mag
zünd ich das Feuer an, weil's friert.

Dann setz ich mich vor den Kamin
der Regen peitscht die Fenster
lass heißen Tee den Leib durchzieh'n
und seh dabei Gespenster.

Die müden Augen blinzeln schwach
und schauen in des Feuers Glut
das Funkensprühen hält mich wach
und dabei schöpf ich neuen Mut.

Denn dieser Tag, der nun zu Ende
ist schon Vergangenheit
um Mitternacht falt ich die Hände,
bin für den neuen Tag bereit.

Die Menschen sind so grausam blind

lass uns, oh Gott, so lang wir leben
das Paradies hier unten sehn
weißt Du, wie viel wir dafür gäben
und kannst Du unseren Wunsch verstehn.

Dein Wille war es großer Gott
dass alle Menschen glücklich sind
doch was geschieht, es ist nur Spott
die Menschen sind so grausam blind.

In vierzig Ländern auf der Erde
ist ständig Krieg und Leben wird zerstört
getreten wird die Menschenwürde
hat Dich, oh Gott, das nie gestört?

Gib Antwort auf die Frage
wir helfen Dir dabei.

Wir leben nicht, wir vegetieren
wir laufen nicht, wir gehn auf vieren
seitdem wir uns gestritten.
Bevor wir uns nun ganz verlieren,
da sollten wir's noch mal probieren
zuviel schon haben wir gelitten.

Die Träume, die wir spinnen
die Sehnsucht, die uns treibt
dort in der Seele drinnen
sind sie Balance in unserer Zeit.

Seit der Geburt

Seit der Geburt bin ich allein
die Brust gab mir der Himmel
auch eine Wiege konnt' nicht sein
mit Baldachin und weißem Schimmel.

Zu früh nahm mir der Gott da oben
die Mutter und den Vater weg
soll ich ihn dennoch weiter loben
für diesen dunklen Lebensfleck?

Es fällt nicht leicht, das Halleluja
und trotzdem sing ich es
mein Glaube spielt Harmonika
in Moll, in Dur und Es.

So schaff' ich es beim Musikspiel zu leben
bis heute hab ich viel geschafft
weil mir zum Leben wart gegeben
der Glaube und die Kraft.

Sinnlose Jagd

Kreischende Vögel, peitschendes Meer
sinkende Sonne – ein Mann geht schwer
durch den tiefen Sand am Kai entlang
und steigt in sein Boot zum nächtlichen Fang.

Wahnsinnig, wer um diese Stund'
des Meeres Beute will holen
wenn das Wasser sich teilt, man sieht den Grund
die Tiefe, die so manches Leben gestohlen.

Sag, Fischer, dies wird ein sinnloser Fang
Du kennst doch das wütende Meer
wird Dir beim Anblick der Fluten nicht bang
und wo nimmst Du die Waghals' her.

Treibt Dich der Hunger heut hinaus
so wirst Du ihn nicht stillen
Du forderst nur das Schicksal raus
kehr' doch zurück – um Himmels Willen.

Doch dieser Fischer nimmt nicht wahr
die Ängste seiner Lieben
kennt er den Wahnsinn, die Gefahr
hat Krankheit ihn dazu getrieben?

Und während wir so fragend steh'n
dringt greller Schrei an unsere Ohren
wir sahen ihn noch untergehn –
wen haben wir und was hat er verloren?

An den Tag

Wo schöner Tag bist Du geblieben?
ich hab Dich kaum geseh'n
da scheidest Du schon von hernieden
und lässt die Sonne untergehn.

Heut früh um fünf die Vögel sangen
als Tau benetzt die Gräser
und kurz darauf die Glocken klangen
ihr Schall erschreckt die Äser.

Wo schöner Tag bist Du geblieben?
Ich kann das alles nicht versteh'n
so wenig Zeit blieb für die Lieben
und dieser Tag, der war so schön.

Das Herz war froh, die Augen strahlten
als ich Dein Bild geseh'n
in meinen Wünschen, den gemalten
da konnte ich vor Dir besteh'n.

Wo schöner Tag bist Du geblieben?
Ach bitte kehr' zurück
noch einmal möchte' ich mich in Dich verlieben
Du brachtest Freude mir und Glück.

Die Uhr des Lebens

Jeden Tag zieh'n wir sie auf
die Uhr der Zeit, die Uhr des Lebens
und täglich warten wir darauf
das was geschieht – vergebens.

Der Zeiger Tempo ist zu schnell
Sekunden jagen die Minuten
so sitzen wir im Karussell
den Blick nach oben oder unten.

Was mag das sein, was uns so treibt
und wir so wenig Ruhe finden
vom Leben uns fast gar nichts bleibt
die Gier und Hast uns täglich schinden.

Dies ist mein Weg

Halt mir die Straße frei
versperr' mir nicht den Weg
nichts was ich tu' ist einerlei
auch wenn ich langsam mich beweg'.

Noch weiß ich nicht wohin ich geh'
weiß nicht wo diese Straße endet
solange ich die Weite seh'
kehr' ich nicht um, wird nicht gewendet.

Es ist nicht leicht, den Weg allein zu geh'n
Gefahren lauern überall
im Licht der Sonne kann mir nichts gescheh'n
ich stolpere nicht, auf keinen Fall.

Denn irgendwo in weiter Ferne
erwartet mich das Glück
die Sonn' am Tag und in der Nacht die Sterne
begleiten mich, drum kehr' ich nicht zurück.

Du schweigst

Lass mich in Deine Seele schau'n
und Lass mich raten was Du denkst
dazu schenk' ich Dir mein Vertrau'n
obwohl, Du hast es längst.

Ein jeder Tag beginnt für mich mit Fragen
der Antwort lauf ich hinterher
oft stundenlang in diesen Tagen
ist Reden denn so furchtbar schwer.

Schon lange redest Du nicht mehr
Du schweigst Dich aus nach außen
wo drückt es denn, was fällt so schwer
und warum lässt Du mich so sausen.

Erinnere Dich mal ganz genau
Du warst nicht immer so
einst war'st Du meine liebste Frau
heut' ist das nicht mehr so.

Wo warst Du

Schon lange Zeit hab' ich gesucht
und als ich Dich gefunden
gab's mich nicht mehr.

Ich möcht so gern an etwas glauben
an einen Menschen, den ich lieb
doch meine Worte hören nur die tauben
mir ist, als fiele alles durch ein Sieb.

Irgendwann möcht jeder Mensch
die warmen Sonnenstrahlen spüren,
mit ausgestreckten Armen greifend,
sie Tag und Nacht berühren.

Erntedank

Die Scheunen sind gefüllt mit Gaben
die Felder leer, die Bäume kahl
wir werden lange Zeit zu essen haben
und Hunger wird uns zur Qual.

Hab' Dank, oh Gott, da droben
Du hast an uns gedacht
den Bauch gefüllt, woll'n wir Dich loben
denn Nahrung gibst Du tausendfach.

Doch immer, wenn wir satt gegessen
den Durst gestillt mit süßem Wein
vor vollen Töpfen wir gesessen,
dann fallen uns die Ärmsten ein.

Die kleinsten unter uns, die Kinder
die täglich hungernd schlafen geh'n
die Alten aber auch nicht minder
wir lassen sie zugrunde geh'n.

Nicht überall auf dieser Welt
wächst Brot, gedeiht der Wein
auch wenn uns das nicht sehr gefällt
wer hungert, leidet Pein.

Wir alle könnten das beenden
mit unserem Überfluss
das Leid der Hungernden zur Freude wenden
wenn jeder hilft, ist damit Schluss.

Und wenn die Felder wieder leer
der Bäume Früchte sind im Schrank
und gibt's dann keinen Hunger mehr
dann feiert wieder Erntedank.

Drachenfliegen

Nimm mich mit, papier'ner Vogel
aus Cellophan und Pappmaché
flieg' nicht allein du bunter Vogel
zieh du mich mit in deine Höh'.

Da wo die Freiheit und die Weite
so tausendfach unendlich ist
der Wind zum Himmel uns begleite
wo alles noch so himmlisch ist.

Himmel, Gott und Engelschar
lasst Euch doch mal seh'n
davon träum' ich jeden Tag
wäre das nicht schön.

Alle sehnen sich nach Frieden
auf der ganzen Welt
d'rum steigt herab hernieden
sonst verkommt die Welt.

Hier unten gibt es viel zu tun
ihr werdet staunen und erschrecken
d'rum lasst es uns gemeinsam tun
die Not ist groß an allen Ecken.

Flieg, Vogel – flieg

Wo Vogel fliegst Du heute hin
und schaust nicht mal zurück
was treibt Dich fort - wo fliegst Du hin
und wann kehrst Du zurück.

So schwing Dich in die Lüfte
mit schnellem Flügelschlag
genieß der Wolken Düfte
noch ist es hell, noch ist es Tag.

Flieg, Vogel - flieg, Du kennst Dein Ziel
der Hoffnung flieg entgegen
Du schaffst es leicht, es ist nicht viel
und für Dein Tun spricht nichts dagegen.

Und trotzdem möchte ich es wissen
warum wählst Du den Flügelschlag
und was musst Du hier unten missen
nur weil ich Dich nicht mehr so mag?

Du hast schon oft, erinnere Dich
die Nahrung abgelehnt
sie stand wie immer auf dem Tisch
Du hast Dich viel zu sehr gewöhnt.

Drum Vogel flieg, flieg nicht zu weit
auch Du brauchst etwas Ruh'
lass Dir beim Fliegen ruhig Zeit
ich schau Dir dabei zu.

Und wenn erlahmt Dein Flügelschlag
dann bist Du nicht allein
schon gar nicht, weil ich Dich noch mag
komm such das Herz und flieg hinein.

Dein Lächeln

Bei Dir, da investiere ich Gefühle
vielmehr als eigentlich erlaubt
da darf nicht wundern wenn Deine Kühle
sich tief in meine Seele schraubt.

Ich werd Dich nie für mich besitzen
dafür bist Du zu stark und stolz
mein Blut, das kannst Du zwar erhitzen
dass Du's nicht spürst, was soll's.

Du hast es wieder mal geschafft
verworren ist mein Sinn
durch Dich fühl' ich mich hingerafft
möcht wissen, wer ich bin.

Und frag ich Dich nach Deinem Rat
Du schweigst – und darin bist Du groß
ich brauch' nicht Deiner Hilfe Tat
ein Wort – vielleicht ein Lächeln bloß.

Du kannst es mir nicht geben
doch wünsch' ich es von Dir
es ließ sich besser damit leben
ein Lächeln, nur von Dir.

Mein Denken hab ich längst blockiert
der Wahrheit tiefste Lüge lässt sich nicht ertragen
seit dem ein anderer mein Leben hat halbiert
verdräng' ich viel, wird' nicht mehr fragen.

Irrfahrt

Du hast ein Haus errichtet
da draußen vor der Stadt
da wo es steht, hast Du den Wald gelichtet
warum verlässt Du Deine Stadt.

Die Wohnung in dem Haus am Park
mit Südbalkon und Blick zum Westen
warst Du zu wenig hier autark
Du hatt'st doch schon vom Besten.

Damit es Dir noch besser geht
ließ't Du die Bäume fällen
die frische Luft um Deinen Erker weht
wenn einer stört, lässt Du die Hunde bellen.

Wie lange wirst Du diesmal bleiben
in Deinem neuen Haus
die Gier, die wird Dich weiter treiben
Du bist noch lange nicht zuhaus.

Vor einer Diskothek

Gelangweilt steht ein junger Mann
vor einer Diskothek
an einer Säule lehnt er an
vor einer Diskothek.

In roten Jeans, grauweißem Hemd
den Kopf, den schützt sein Lederhut
in einer Großstadt, die so fremd
ein Zustand, der nicht gut.

Seit Tagen schon sucht er nach Arbeit
und niemand will sie geben
von sich aus wär' er schon bereit
er braucht sie sehr zum Überleben.

Mit Abi in der Tasche
zog einst er fröhlich aus
noch nie griff er zur Flasche
heut sieht das anders aus.

Er kann an nichts mehr glauben
sein Schmerz sitzt schon zu tief
was andere sich so erlauben
warum läuft alles bei ihm schief.

Hat er nicht auch ein Recht zu leben
in unserer satten Zeit
die meisten haben viel zu viel zum Leben
zu geben sind nur wenige bereit.

Das ist nicht gelogen

Das Leben ist eine große Lüge
die von kleinen Lügen lebt.

Schütz' mein privates Leben nicht
das schaffe ich allein
und auch Dein Mitleid brauch' ich nicht
such Deinen Weg – geh' ihn allein.

Wenn Du mit mir sprechen willst,
dann versuch zu schweigen.

Am Morgen

Die Sonne riss mich aus dem Schlaf am Morgen
nachdem der Himmel über mich gewacht
für Stunden fühlt ich mich durch ihn geborgen
sogar im Traum hat er an mich gedacht.

Ich sah Dein Bild, die Augen, Dein Gesicht
Du hast mich angeschaut
gesprochen hast Du dabei nicht
das ist im Traum auch nicht erlaubt.

Wie kommt es, dass selbst in der Nacht
wenn schwerelos der Körper ruht,
die Sehnsucht solche Sprünge macht
wer träumt – hat der es wirklich gut?

Ein Sprichwort sagt es klipp und klar
der Traum das ist nur Schaum
ist diese Formulierung wahr
für andere ja – für den der träumt, wohl kaum.

Ich möchte immer träumen
und nicht nur in der Nacht
am liebsten stündlich, nichts versäumen,
weil träumen sehr oft glücklich macht.

Die Tänzerin

Ein großer Spiegel steht im Raum
und vor ihm eine Tänzerin
in Tüll getaucht, leicht wie ein Flaum
so tänzelt still sie vor sich hin.

Hingebungsvoll tanzt sie allein
und hört nur die Musik
sie ist allein und will's auch sein
und tanzt und schwebt und fliegt.

Für einen kurzen Augenblick
verlässt sie glücklich diese Welt
und kehrt so schnell auch nicht zurück
nichts gibt's was sie hier unten hält.

Wie ein Vogel, versucht sie frei zu sein
lässt ihre Arme flügelschwingen
dreht sich im Kreis auf einem Bein
der Flug zum Himmel kann beginnen.

Den Boden unter ihren Füßen
sie spürt ihn wolkenweich
sanft streift der Wind an ihren Rüschen
ganz nah ist sie dem Himmelreich.

So nah sogar, dass sie die Wirklichkeit total vergisst
genießt dabei der Wolkendüfte
nichts gibt's auf Erden was noch schöner ist
und schwingt noch höher in die Lüfte.

Ach, könnt's auf Erden doch im Ganzen
nicht auch so herrlich sein
und morgen wird sie wieder tanzen
und wieder glücklich sein.

Ein Blinder wäre glücklich,
wenn er nur mit einem Auge sehen könnte;
und er würde dann staunen, dass wir
mit zwei Augen so wenig sehen.

Was Du als Engel nicht vermagst
versuche es als Mensch.

Im Leben viel erreicht zu haben
bedeutet nicht, alles geschafft zu haben.

Die Politik in unserer Zeit
ist Schlafwandlerei im grellen Bühnenlicht.

Am Ende eines Lebens darf nicht die Frage
stehen, warum habe ich nicht gelebt, sondern,
mit wem habe ich die Jahre verbracht und
warum hatten wir so wenig Zeit für all'
das Schöne auf unserer Erde.

Lebensform

Reden, schweigen, denken, tun
Tagesträume, abends ruh'n
Sterne schauen in der Nacht
bis heute hat das nichts gebracht.

Ab morgen wird das anders sein
dann fallen mir die andern ein
werd' lesen, miteinander sprechen
das wochenlange Schweigen brechen.

Und übermorgen und danach
mein Leben leben wie ich's mag
und stell' es nie in Frage
auch nicht an einem schlechten Tage.

Ich hab einmal ein Tier gefragt
ob es den Menschen mag
verwundert hat es ja gesagt
hat aber nicht zurück gefragt.

Eilen, hasten, rennen
alles sehn, nichts erkennen
rennen, hasten, eilen
nirgends mal verweilen.

Ego

Mein Ich steht mir im Wege
mein Wissen, meine Position
wenn beim Erwachen ich mich rege
hör' ich die eigne Ovation.

Du lebst schon viel zu lang allein
und deshalb bist Du ichbezogen
lass doch das Licht in Deine Wohnung rein
bis heute hast Du Dich betrogen.

Ich möchte ausgestattet sein
mit der Chuzpe eines Voyeurs
der Seele eines Dichters
und den Reflexen eines Athleten.

Abschied

Blau war der Himmel, azzurro das Meer
spanisch die Sonne, nur Sand rings umher
da lernt ich Dich kennen.

Leuchtende Augen als ich Dich sah,
Aufregung im Herzen, denn Du warst so nah
und doch so weit, das muss ich bekennen.

Es folgten nun Tage – was will ein Mensch mehr,
von Glück getragen, wir mochten uns sehr
und plötzlich fing's an bei uns zu brennen.

Die Ruhe – wir hatten Stille gebucht
für kurze Zeit ward sie gebrochen –
es schien – wir hatten einander gesucht
so kam ich behutsam angekrochen.

Und riesig haben wir uns gefreut,
so herzlich und ehrlich gelacht;
und nie dabei die Stille gescheut –
war nur auf sie und Dich bedacht.

Ich war schon lang nicht mehr so froh
und hab Dich ganz für mich gehabt
doch konntest Du leben – so und so;
ich hab doch nur an Dich gedacht.
Die Zeit, die ist vergangen.

Nun schau ich wieder hoch zum Himmel,
doch diesmal ist er grau
und hoff' dabei so ganz im Stillen
dass ich das alles noch mal schau.

Doch all mein Flehen und mein Bitten
es trifft Dich nicht – ich hab's geseh'n
durch Dich hab ich so viel gelitten
ich mag Dich sehr – das ist's Marleen.

Schmeichelnde Winde

Verträumt geh ich am Strand entlang
lauwarme Winde wehen
gelöst und frei von allem Zwang
will Wasser und die Weite sehen.

Wohlwollend schmeicheln mir die Winde
die mich am Strand begleiten
ich spüre sie auf meiner Haut und finde
dass tausend Hände über meine Schultern gleiten.

Meine Gedanken, sie brauchen Ohren
und deshalb rede ich laut
meine Haut, sie braucht die Poren
damit sich unter ihr das Blut nicht staut.

Im Paradies

Du schufst den Himmel und die Erde
das Licht am Tag – die Dunkelheit der Nacht
damit ein jeder glücklich werde
hast Du dies große Werk vollbracht.

Warum ist diese schöne Erde
so unfähig und schwach besetzt
und warum alles auf der Erde
vergiftet und total zersetzt.

Seit lichtmillionen Jahren
gibt es diese Erde schon
den Menschen gab's noch nicht in Scharen
der war am Anfang Lehm und Ton.

Doch seit er diese Welt bewohnt
im Paradies, da fing es an
bleibt vor ihm wirklich nichts verschont
sogar das Leben greift er an.

Bittgang

Solang Du satt zu essen hast
gesund Dein Fleisch und Blut
und Dich nicht drückt der Arbeitslosen Last
lebst Du als Mensch, es geht Dir gut.

Doch wehe, wenn das anders ist
in unserer satten Zeit
Du plötzlich Arbeitsloser bist
und wer ist schon davor gefeit.

Dein Können und Dein fachlich Wissen
es ist auf einmal nicht gefragt
das hättest Du doch wissen müssen
hat Dir das nie ein Mensch gesagt.

Wie gut, dass es Behörden gibt
die Du nun kennen lernst
Du hast sie sicher nie geliebt
doch plötzlich wird es ernst.

Jetzt gehst Du einen schweren Gang
den schwersten überhaupt
antreten zum Sozialempfang
an diesen Bittgang hast Du nie geglaubt.

Die Metastasen unserer Zeit
kommen vom Krebsgeschwulst der Seele.

Gebt allen Menschen satt zu essen
dann hört die Armut auf.

Halt beide Ohren zu
schließ Deine Augen
nur so bist Du ein Mensch.

Diebisch

Zieh' Deine Schuhe aus
denn Du sollst barfuß geh'n
wie eine Katze schleich ums Haus
es darf Dich niemand seh'n.

Was Dir am Tage nicht gelingt
versuch es in der Nacht
ob dieses Tun Dich weiterbringt
das weißt Du morgen früh um acht.

Heut jedenfalls sollst Du es machen
steig durch das Fenster ein
die goldnen und die Silbersachen
ab heute sind sie Dein.

Ein Traum erfüllt sich heute Nacht
so reich warst Du noch nie
sogar der Goldschmied hat an Dich gedacht
obwohl, bald zittern Dir die weichen Knie.

Wart ab, wenn Du zu Hause bist
und holst die Lupe raus
schreist plötzlich laut: Verdammter Mist
und alles fliegt zum Fenster raus.

Der Schmuck, der Dich sollt glücklich machen
der war aus glitzernden Attrappen
geklaut hast Du die echten Sachen
Dein ich, und dafür musst Du stets berappen.

Sehnsucht

Sehnsucht – das sagt sich so leicht
und es lebt sich so schwer
dies heiße Verlangen
wo kommt es nur her.

Wir alle sind davon befangen
es steckt in jedem von uns drin
auf einmal hat es angefangen
der Sehnsucht geben wir uns hin.

Wir brauchen dringend Katastrophen,
Sintflut, Sturm und Feuersbrunst,
damit sich auf dieser Erde neues und
besseres Leben entfalten kann.

Hallo Staatsmann, du Minister
nehmt euren Hut und geht
ihr seid doch alle nur Philister
dass ihr das einfach nicht versteht?

Jeder Mensch hat einen Anspruch an das Leben
er muss ihn nur öfter anmelden.

Deinesgleichen

Was machst Du mit dem Rest der Jahre
die Tage sind gezählt
vorbei die besten Jahre
auch jene, wo Du Dich gequält.

Geh schau mal in den Spiegel
Du sahst mal anders aus
zerbrich ihn nicht, den runden Spiegel
und werf' ihn nicht zum Fenster raus.

Bleib vor ihm steh'n, nur einen Augenblick
bekenn' Dich zu den Falten
dreh nicht verschämt die Zeit zurück
sie stehn Dir gut, die Falten.

Es lässt sich damit leben
geh hin und zeige Dich
Du musst es einfach nur erleben
die andern mögen Dich.

Schau nicht auf die, die jünger sind
entdecke Deinesgleichen
denn alle die, die jünger sind
das sind nicht Deinesgleichen.

Gib Gott, dass alle Menschen, die sich lieben
gemeinsam von der Erde geh'n
und dass irgendwo da drüben
sich ohne Leiden wiederseh'n.

Lass mich arbeiten, auch auf die Gefahr hin,
dass ich es kann;

Gib mir zu essen, auch wenn ich nicht hungrig bin;

Zeig' mir Deine Hände, und ich sage Dir, ob es
Deine sind;

Zeig' mir Dein Herz, und ich wette, Du hast es
nicht dabei;

Schau mir in die Augen, und ich würde mich wundern,
wenn Du es tust;

Sag mir wie Du lebst, dann fällt mir sterben leichter.

Geordnete Unordnung

Es gibt, so glaube ich, wohl kaum einen Schreibtisch, der so schrecklich unaufgeräumt ist wie meiner. Das liegt aber nicht daran, dass er zu klein ist. Vielmehr zählt er mit seinen Ausmaßen von 100 x 210 cm zu den großen seiner Branche; im Gegensatz zu mir, und er nimmt im direkten Vergleich zu den anderen Möbeln in meiner kleinen Wohnung den meisten Platz in Anspruch. Warum also diese Unordnung und woher kommt sie? Wenn es stimmt, dass eine Wohnung mit ihrer Einrichtung der Spiegel der Seele dessen ist, der Sie bewohnt, dann sollte ich aufhören darüber zu schreiben und mich ordentlich schämen.

Ein Gutes jedoch hat diese „geordnete Unordnung" nämlich, sie ist für mich nicht gar so schlimm, weil ich trotzdem alles nach einem längerem Suchen sofort wiederfinde und darauf kommt es schließlich an. Außerdem sitze ich sehr gerne an meinem Schreibtisch, der mir unendlich viel Ruhe und auch die Ataraxie gibt, die mir beim Niederschreiben meiner Gedanken so hilfreich sind.

Ein Abend im Pikus

Schon wieder steh ich ganz allein
im Pikus in der Stadt
und manchmal muss das einfach sein
zuhaus' hab ich die Stille satt.

Rings um mich rum die Menschen steh'n
ganz dicht gedrängt – es sind so viel
und lassen ihre Blicke geh'n
als suchten sie für heut ein Ziel.

So steh auch ich in diesem Kreis
und schau und schau und schau
und wünsche mir um jeden Preis
das Lächeln einer Frau.

Ist das der Grund, der mich getrieben,
oder ist es eine andere Macht
die Uhr, die zeigt erst kurz nach sieben
und vor mir steht die lange Nacht.

Es kann schon sein – sonst wär' ich nicht
um diese Zeit schon hier;
wer früh kommt, hat die Übersicht
die Zeit vergeht bei Rauch und Bier.

Und alle schauen wir herum
am liebsten gleich zur Tür
oft wirkt es blöde, manchmal auch dumm
und trotzdem, steh'n wir alle hier.

Heut sagt mir meine innere Stimme:
Vor Mitternacht darfst Du nicht geh'n;
so bleib ich halt, das ist das Schlimme,
es wird schon irgendwas geschehn'n!

Und siehe da, die Tür geht auf
zwei Damen stürzen rein,
den Mund noch auf vom schnellen Lauf
es muss am regnen sein.

Nass sind die Mäntel, nass auch ihr Haar
noch steh'n sie am Portale
fast hilflos in der Männerschar,
die ausseh'n wie Schakale.

Auch ich steh da und weiß genau
ich pass nicht in den Kreis
mein Blick streift scheu die blonde Frau
die vorerst gar nichts davon weiß.

Doch plötzlich schaut sie her zu mir,
weil sie schnell Feuer braucht
und ganz im stillen dank ich ihr,
bin froh, dass dieses Wesen raucht.

Sie lacht mich an, ich find das schön
und lache ihr zurück
wir haben uns noch nie geseh'n
ein Feuerzeug bringt manchmal Glück.

Inzwischen ist es Mitternacht
so schnell vergeht die Zeit
um sieben hab ich noch gedacht
bis zwölf, das ist noch weit.

Und diese Nacht, die fängt erst an
wir zahlen und wir geh'n
„nein, ich zahl, Du bist später dran" –
„nun gut, ich wird' darauf besteh'n".

„Wo steht Dein Auto", will ich wissen
und helf' ihr in die Jacke
doch davon will sie gar nichts wissen
und küsst mich auf die Wange.

Nun gut – ich lass auch dies gescheh'n
weil ich noch nüchtern bin und wach
und während wir so knutschend steh'n
fragt sie mich: „Kommst Du mit heut Nacht"?

„Ja – gern komm ich heut mit zu Dir
obwohl das alles viel zu schnell" –
„hab keine Angst, nur auf ein Bier"
und langsam wird es hell.

Vier Vögel und ein Hund

Vier Vögel und ein Hund
die nannt' ich einst mein eigen
ihr Dasein war nicht ohne Grund
das wollt ich mir und andern zeigen.

Dort in dem Käfig vor dem Fenster
das ich mit Blumen zugestellt
da lebten die gefiederten Gespenster
und Futter hab ich selten hingestellt.

Wo nehmen diese Vögel nur
den Frohsinn und die Freude her
denn auch von Wasser gab es keine Spur
die Näpfe waren trocken leer.

Und auch ein stoffeliger Hund
lag kreislaufschwach am Boden
normal ist diese Rasse rund
gesund das Fell und auch der Hoden.

Und jedesmal am siebten Tag der Wochen
wenn Frauchen dann vom Rausch erwacht
gab's Speisereste und auch Knochen
an anderen Tagen hat sie nicht daran gedacht.

Aus Stoffel wurd' ein Hamster dann
er fraß nicht alles auf
ein Teil der Speisen trug er dann
weit weg – sechs Tage saß er drauf.

Als junger Hund wollt er nicht sterben
hat sich so gut er konnt' gewehrt
was sollte er denn schon verderben
sein kläglich Bellen hat doch nie gestört.

Doch eines Tages war's soweit
den Hundestoffel gab's nicht mehr
das Hamsterleben war er leid
er fraß und lief nicht mehr.

Die Vögel sahen das von oben
in wilder Panik dann
sind ziellos sie umher gestoben
Genick gebrochen und ertrunken dann.

Vier Vögel und ein Hund
die waren nun mein eigen
ihr Dasein war für mich kein Grund
mich so den anderen zu zeigen.

Licht aus der Ferne

Bleib wach, Du darfst nicht schlafen geh'n
in dieser grauen Nebelnacht
Du wirst ein großes Wunder sehn
in dieser dunklen Nacht.

Kometenhaft siehst Du die Sterne
goldhaarig leuchten sie herab
ein zartes Licht strahlt aus der Ferne
kommt auf Dich zu in leichtem Trab.

Verlass das Haus, lauf hin zum Meer
und bleib am Felsenufer steh'n
schau hin das Licht wird immer mehr
Du ganz allein kannst es nur seh'n.

Hab' keine Angst, schreck nicht zurück
das helle Licht kommt nicht allein
ab heute leuchtet Dir das Glück
Du bist nicht mehr allein.

Nun darfst Du endlich schlafen geh'n
in dieser hellen Sternennacht
das Wunder das Du heut geseh'n
es leuchtet nicht nur in der Nacht.

Über die Angst

Wer täglich betet, der hat Angst;
wer seine Tür abschließt, hat Angst;
wer sein Hab und Gut schützt, hat Angst;
wer Versicherungen abschließt, hat Angst;
wer eine Waffe besitzt, hat Angst;
wer arm oder reich ist, hat Angst;
die Frau, die ein Kind gebärt, hat Angst;
Arbeits- und Heimatlose haben Angst;
auch ein Sterbender hat Angst;

nur – unsere Politiker, die haben selten Angst,
denn, sie murmeln sich so durch.

Eines Tage wird es so sein, dass wir Angst haben müssen vor denen, die Angst haben; nämlich die Ärmsten unter uns, überall, in allen Ländern.

Des Knechtes Gier

Mir schwillt der Hals, seh' ich den Frevel
den die Gier des Knechtes treibt
dicht am Boden schwelt der Schwefel
der uns in den Abgrund treibt.

„Nur für ein paar süchtige Jahre"
und so spricht der Knecht –
„weit ist noch der Weg zur Bahre
bis dahin ist mir alles recht".

„Denn ich will und muss doch leben
Völle wünscht mein Bauch
dem Körper will ich alles geben
noch häng' ich nicht am Schlauch.

Reisen will ich um die Welt
fliegen immerzu
wenn verbraucht ist all mein Geld
schlag' ich anders zu.

Denn im Kellergrund tief unten
wo das Reich der Ratten
liegen Gold und Perl die bunten
die ich denen nahm, die sonst nichts hatten".

Du armer Knecht, du tust mir leid
denn nur noch ein paar Jahre
hast du für dieses Leben Zeit
kurz ist dann dein Weg zur Bahre.

Ob sich das gehört

Früher knietest du am Morgen
händefaltend nieder
auf dem Teppich deiner Sorgen
knietest auch am Abend nieder.

Großer Gott, beschütz' die Welt
stell' Brot und Wasser auf den Tisch
und vermehre auch mein Geld
Du bist so groß, ich bitte Dich.

Heute kniest du nicht mehr nieder
nicht mehr am Morgen und am Abend
weil zu steif sind deine Glieder
freust dich auf den Feierabend.

Zählst das Geld in deinen Taschen
das sich tausendfach vermehrt
greifst zufrieden dann zur Flasche
weil sich das ja so gehört.

Und den großen Gott da droben
der dir all' das hat beschert
den vergisst du heut zu loben
ob sich das gehört?

Ein Schmetterling in Flandern

Die viel zu frühe helle Sonne
hat den Schmetterling geweckt
aus des Winterschlafes Wonne
hat sie ihn plötzlich aufgeschreckt.

Denn viel zu früh – es ist noch Winter
irrt ziellos er umher
wo soll er hin im kalten Winter
das Fliegen fällt ihm doch noch schwer.

Muskelarm die Flügel schwingend
hebt er hilflos auf und ab
denn Wärme braucht er dringend
und fällt unsanft vom Strauch herab.

Den Sommer hier in Flandern
wird er nicht übersteh'n
den Blütenstaub holen die andern
drum Schmetterling auf Wiedersehn.

Sei doch froh

Meine Seele spricht nicht mehr
meine Augen schweigen
auch das Atmen fällt mir schwer
ich schäme mich, es dir zu zeigen.

Ohnmacht drückt mich jeden Tag
beugt mich tief nach unten
dass ich das nicht gut ertrag'
hast du noch nicht raus gefunden.

Immer soll ich fröhlich sein
mit dir lachen, mit dir scherzen
lass ich mal das lachen sein
beklagst du dich, hast Schmerzen.

Sei doch froh, dass ich so bin
lass mich schlicht mein Leben leben
denn du bist meines Lebens Sinn
mehr kann ich dir nicht geben.

Der nächste Frühling

Herbststürme brausen und toben mit Gewalt
reißen alles nieder, zerstören Flur und Wald
die bunte Farbenpracht der Bäume
goldfarbig gelb und rot
verliert sich unterm dunklen Himmel
nun scheint alles tot.

Das bunte Laub bedeckt die Erde
und deckt sie schützend zu
müde zieht die Schafesherde
und trabt dem Gatter zu.

Alles Leben scheint zu Ende
wenn der Winterschlaf beginnt
nur der Bär schafft noch behände
in den Bau, was er zu fressen find.

Danach nun wird es mäuschenstille
und das für lange Zeit
bis dann im März mit Gottes Wille
beginnt die neue Frühlingszeit.

Die warme Frühlingssonne

Auf einer bunten Blumenwiese
im Park da draußen vor der Stadt
lag lüstern die Luise
die kalten Tage hat sie satt.

Vorsichtig lupft sie ihre Bluse
hebt beide Brüste in die Höh
und betet: Gott zum Gruße –
streckt sie noch weiter in die Höh.

Nimm Sonne, all' das schenk ich dir
ergötz dich eine Weil
bevor du untergehst um vier
find ich das supergeil.

Ein breites Wolkenband am Himmel
zieht augenzwinkernd froh vorbei
ihr ist, als säße sie auf einem Schimmel
ritt mit den Wolken an Strauch und Baum vorbei.

Nach einer Stund' dreht sie sich
und leg sich auf den Bauch
die Sonne, die brennt fürchterlich
und bräunen tut sie auch.

Mir klopft das Herz, seh ich die Formen
die runden Kreise ihres Po's
die liegen abseits aller Normen
ach, fänd' ich doch Ruh in ihrem Schoß.

Dann möchte ich wie sie empfinden
noch viele Stunden lang
mich auch vor Wonne winden
vor ihr würd' mir nicht bang.

Der Neubeginn bist Du

Schon früh am Morgen sitz ich hier
schlaflos war die Nacht
in Gedanken nur bei dir
und habe nachgedacht.

Dein Gespräch gestern am Abend
inhaltlich so kalt und leer
nichts empfand ich dabei labend
wo nehm' ich heut die Hoffnung her.

Was hat dich bloß geritten
und warum willst du fort
hörst nicht mal meine Bitten
willst nur weg, weit weg und fort.

Öffne noch einmal weit dein Herz
die Vergangenheit lass sein
all der Kummer und der Schmerz
müssen doch nicht sein.

Greif noch einmal meine Hand
lass uns dann spazieren gehen
durch ein neues, wunderschönes Land
lass nicht los, du wirst es sehn.

Lass uns neu beginnen
die Zeit ist reif dazu
ohne Zweifel, frei von Sinnen
denn der Neubeginn bist Du.

Über den Sinn

Es macht keinen Sinn,
leichtsinnig und blödsinnig,
starrsinnig und sinnlos
mit dem falschen Spürsinn,
Geruchs- oder Tastsinn,
unsinnig und schwachsinnig
über den Sinn nachzudenken;
das wäre wahnsinnig.

Je öfter ich mit Menschen zusammen komme,
und deren unterschiedlich stark oder schwach
ausgeprägten Schwachsinn erkenne, um so mehr
zweifle ich an der Vollkommenheit des menschlichen
Wesens und frage mich, war es denn wirklich nicht
möglich, einen gesunden menschlichen Durchschnitt
zu schaffen?

Manchmal möchte ich eine Tanne sein;
zum einen, wegen ihres erhabenen, aufrechten
und geraden Wuchses, zum anderen, liebe ich
ihre gleichbleibende, dunkelgrüne und
beruhigende Farbe.

Schäum über Herz vor Freude
lass Dich lustvoll gehen
denn Du wirst noch heute
Deine Liebste sehn.
Geh fröhlich ihr entgegen
streck beide Arme aus
Ganz sicher hat sie nichts dagegen
vergiss nur nicht den Blumenstrauß.

Sobald du was gewonnen hast
beeile dich damit du es verlierst.

Hilf mir, die Erde zu zerstören
hilf mir, du hast doch Zeit dazu
die Erde wird uns nie gehören
denn wir kommen nie zur Ruh.

Wenn wir damit aufhören
die Erde dauernd zu verändern
bleibt uns genügend Zeit
nach ihrem Ursprung zu forschen.

Wir brauchen dringend Katastrophen
Sintflut, Sturm und Feuersbrunst
damit sich dann auf dieser Erde
neues und besseres Leben entfalten kann.

Den Hunger stillte ich aus Deinem Topf
für viele Nächte hast Du mir ein Bett gegeben
Dein Dach, das schützte meinen Kopf
doch richtig satt gegessen hab ich nie
und auch nicht richtig warm gelegen.

Die räumliche Entfernung macht nicht krank
der dauernde Kontakt, der macht mir Sorgen
das Singleleben, Gott sei dank
das streb' ich an ab morgen.

Frauen sehen grundsätzlich besser als
Männer, nur nicht so weit.

Die großen Probleme in unserer Zeit
das sind die kleinen Dinge in unserem Leben.

Mit jeder ehrlichen Freundschaft
festigen wir das Fundament
auf dem der Friede ruht.

Gewaltig ist die Macht der Waffen
die menschliches Gehirn erdacht
dies Tötungswerkzeug ward geschaffen
als grausamste Gestalt der Macht.

Als sie ihre Brüste anhob
wurden die Wolkenkratzer zu Zwergen.

Deine Brüste sind rund
Deine Brüste sind schön
sie wecken Gelüste
doch niemals obszön.

Die Welt erhalten und Köpfe spalten
nein, das wollten nicht die Alten.

Du träumst
ich nicht
Du redest
ich schweige
Du lachst
ich weine
Du fragst
ich antworte nicht
Du wunderst Dich?
Warum?
Du liebst Dich
warum nicht auch mich?
Du gehst
ich bleibe stehen
Deine Schritte werden schneller
lass Dir doch Zeit
Zeit auch für uns.

Wer auf vielen Schultern trägt
aber nur zwei besitzt
der muss sehr stark sein.

Jahre lang stand ich auf schwarz
wo kommst du her, du blonder Engel?

Frühlingserwachen

Auf einer Bank, dort in den Wiesen
schau ich dem Frühling zu
wenn ringsherum die Knospen sprießen
ist vorbei die Winterruh'.
Helles Vogelzwitschern
„Open air" im Wald
so beginnt der Frühling
mit tausend Stimmen schallt's.

Erkenne

Erkenne Mensch, dass du nur ein
Stück Gehirn bist, sonst nichts.

Herz und Seele werden frei
wenn über uns der Wolkenteppich bricht
erst, wenn der Himmel frei
spüren wir der Sonne warmes Licht.

Jan's Wiegenfest

Kaum war das Kind geboren
ein paar Minuten alt
drang schon Applaus an unsere Ohren
und durch den Kreissaal schallt's:

Was für ein süßer Knabe
prächtig sieht der aus
ach, seht nur sein Gehabe
Applaus, Applaus, Applaus.

Schon viele Jungen hier geboren
die meisten hießen Klaus
doch JAN, der hat die schönsten Ohren
Applaus, Applaus, Applaus.

Seht seine braunen Augen
die blonden Härchen kraus
kein Junge konnte so schnell saugen
Applaus, Applaus, Applaus.

Und alle wollten ihn nun sehen
in Scharen stürmten sie das Haus
noch lange schallt's dann wenn sie gehen
Applaus, Applaus, Applaus.

Selbst Schwester Kunigunde
die plaudert's täglich froh hinaus
dies Knäblein ist das Kind der Stunde
Applaus, Applaus, Applaus.

Heute ist morgen schon gestern
drum lebe ich heute
nicht erst morgen
und schon gar nicht wie gestern.

Angst

Angst ist die Unfähigkeit
an sich und andere zu glauben.

Wer Angst hat, Schmerzen zu ertragen
kann furchtbar grausam sein.

Ich habe Angst davor
dass der Schweiß auf deiner Haut
zu Eis destilliert.

Was verlangst du?
Warum soll ich die wache Intelligenz
in meinen Augen vor dir tarnen.

Unbefangen jeden Morgen
fröhlich ich erwache
abends zähl ich dann die Sorgen
und siehe da, ich lache.

Wer immer nur alleine los rennt
merkt selten, dass er auf der Stelle tritt.

Lippenbekenntnis

Die Lippen meiner Liebsten
sind weich und sanft
doch mir scheint
meine Haut verträgt keine Seide.

Die Lippen meiner Liebsten
die singen so viel
doch ich mag zum Teufel
die Fischerchöre nicht.

Die Lippen meiner Liebsten
die sagen so wenig
sagen Dinge, die verletzen
wie stark muss ich sein.

Die Lippen meiner Liebsten
sind nun trocken und hart
wenn Tau sie wieder zärtlich macht
dann verschlinge mich mit Haut und Haar
aber ohne Hass.

Auf meiner Seelendeponie
ist noch genügend Platz
kehrst du zurück, vergiss das nie
mein kleiner, süßer Schatz.

Mit meinem Körper kannst du spielen
mit meiner Seele nicht.

Ich möchte niemals der Magie
deiner Ignoranz mit meinen
Empfindungen und Gefühlen obliegen.

Viele Menschen haben keine Angst
vor dem Fliegen, sondern Angst davor,
abzustürzen.

Spielerei

Du spielst – ich spiele
du für dich – ich für mich
wir gegen uns.

Ein interessantes Spiel
ein gefährliches Spiel
wir riskieren viel.

Du gewinnst
ich an Erfahrung
ein teuflisches Spiel.

Gefühl im Spiel
Rotwein muss her
sonst wird es zuviel.

Lass jeden Tag die Würfel fallen
spiel jeden Tag ein neues Spiel
lass alle Würfel fallen
dann sind wir bald am Ziel.

Bilder häng ich nicht mehr auf
will weiße Wände sehn
Vorhänge häng ich auch nicht auf
will nur den Himmel und die Sterne sehn.

Heut Abend bleibe ich zu Haus
denn heute will ich weinen
am besten kann man das zu Haus
weinen, einfach weinen.

Nur nicht denken und so tun
als gäbe es nur Glück auf dieser Welt
doch ab und zu mal Sympathie verschenken
dies Glück macht glücklich und gefällt.

Gib endlich der Versuchung nach
und sprich über deine Gefühle.

Dein Herz kann lachen
Dein Herz kann weinen
doch wenn Du von mir gehst
beweg' Dich auf zwei Beinen.

Das wird mir nicht noch mal passieren
dass ich mich schon nach kurzer Zeit
an einen Menschen ganz und gar verliere
beim nächsten Mal lass ich mir Zeit.

Und sollte es doch wieder sein
dass trunken ich von allen Sinnen
zu wenig horch in mich hinein
dann muss ich wieder mal von vorn beginnen.

Ich möchte gern ein Satan sein
doch, solang ich Flügel trage
kann ich nur ein Engel sein
wie lange noch und wie viel Tage.

Eigentlich wissen wir viel zu wenig
und davon wissen wir schon viel zu viel.

Jeder neugeborene Mensch eröffnet
uns neue Horizonte, weil er ein neues
Leben mitbringt.

Wer immer nur die Jahre zählt
zählt nicht die Tage und die Stunden
der sollte auch die Sekunden vergessen
in denen er glücklich und zufrieden war.

Es genügt nicht, wenn man
von Herzen schenkt;
der Beschenkte muss es auch spüren.

Wer immer nur hoch auf dem Sockel steht
spürt nie die gute, warme Erde.

Ein Mensch, der liest, braucht nicht viel zu reden,
wer aber dauernd reden will,
der sollte besser schweigen und mehr lesen.

Du hast noch niemals was besessen,
deshalb kann Dein Reichtum auch nichts taugen.

Sprich mit der Seele eines Dichters
triumphier' und klage an
schrei laut, dass es ein jeder höre
klug sind die Menschen dümmlich dran.

Beim Zusammenleben zweier Menschen
muss einer die Rolle des Rationalen übernehmen;
der andere, die des Emotionalen,
aber in einem ständigen Wechselspiel.

Die seelenlose Computerzeit
hat längst begonnen.

Die Politik in unserer Zeit
ist Schlafwandeln
im grellen Bühnenlicht.

Am Ende eines Lebens darf nicht
die Frage stehen, warum habe ich gelebt,
sondern, mit wem habe ich die Jahre
verbracht und warum hatten wir so wenig
Zeit für all das Schöne auf unserer Erde.

Wie eine Sammlung morscher Besen
so sieht der Wald im Winter aus
und der soll einmal grün gewesen,
treib mir diesen Unsinn aus.

Verliere Deine Angst als sei sie nur
ein Schnupfen oder Husten.

Der Mensch darf nicht eingreifen
in den Kreislauf der sich selbst
regenerierenden Natur.

Hundert Hände könnt ich brauchen
mit neunundneunzig griff ich dann
nach Deinen Brüsten; mit einer Hand
würd' ich dann rauchen, vorausgesetzt,
dass Du es wüsstest.

Im Ozean der Tränen

Im Ozean der Tränen
schwimm hilflos ich umher
versalzen ist das Meer der Tränen
darin ertrinken fällt so schwer.

Ziellos schwimm ich in die Weite
einfach geradeaus
Hoffnung mich begleite
irgendwann bin ich zu Haus.

Wo ist der Gott, der an mich denkt
wo seine Engelschar
wo der, der mir das Leben schenkt
einfach so – ganz wunderbar.

Was hab ich denn oh Gott da droben
hier unten alles falsch gemacht
hab nie vergessen Dich zu loben
und trotzdem Deinen Zorn entfacht?

Es kann doch nicht Dein Wille sein
dass Deine große schöne Welt
im Ozean der Tränen
total in sich zerfällt.

Bin nur geflohen nicht gestorben
lebe immer noch
lass mich fliehen, will nicht sterben
Leben brauch ich noch.

Weite Sprünge, schnelle Läufe
müssen nicht mehr sein
mehr Verständnis, nicht mehr saufen
wäre das nicht fein.

Wohlstand gegen Armut

Das wär' doch sicher mal was anders
der Reichtum kotzt mich an
drum tausch' ich Wohlstand gegen Armut
und fang gleich heute damit an.

Zuerst zieh ich die Schuhe aus
denn Arme müssen barfuß gehen
und zieh auch meine Kleider aus
das Nacktsein werd ich überstehen.

Danach verschenk ich alle Speisen
die sich im Keller aufgetürmt
verteil sie gütig unter Waisen
die hungernd oft mein Haus gestürmt.

Den ganzen Hausrat tausendfach
der Möbel wertvolle Gestelle
mein Luxus reicht bis unterm Dach
nur weg damit, weg auch die teuren Felle.

Zum Schluss soll nichts mehr bleiben
kein Schmuck, kein Ruhm, kein Ehr
der Durst und Hunger soll mich treiben
will arm sein, arm sein, sonst nichts mehr.

Oh Weh, ein Pickel

Es gibt kein Mädchen auf der Welt
dem schon in jungen Jahren
durch Pickel das Gesicht entstellt
das musste Jessica erfahren.

Sieh sprach:

„Noch bin ich jung, schlank, blond und liebenswert
wie lang kann ich das sein
mit Pickel bin ich doch nichts wert
und leide große Pein.

Wie immer stand ich heut vor'm Spiegel
oh Gott, was sah ich da
auf meiner Nase wuchs ein Siegel
gestern war es noch nicht da.

Ach, wär' doch heut noch gestern
da war ich nämlich makellos
kein Pickel auf der Nase
die Vorfreude war riesengroß.

Was wird mein Liebster sagen
sieht er des Pickels Pracht
ausgerechnet auf der Nase
lässt er mich außer Acht?

Ich glaube, das ertrag ich nicht
und springe in den Rhein
denn so viel Unheil im Gesicht
warum ist meine Haut nicht rein.

Und dazu all die Spötter,
die sitzen rund herum
gestern waren sie noch netter
nun bin ich das Martyrium".

Ganz plötzlich wird es still
die junge Jessica denkt nach:
"Denn wer mich sooo nicht haben will
dem schaue ich nicht nach".

Die Unbekannte

Lass mich endlich so sein wie ich bin; mit all meinen Bedürfnissen und den vielen ungelösten Problemen. Ich trage sie nun mal in mir, und somit bleiben sie Dir erspart. Und stell Dir vor, ich kann sogar damit leben, sehr gut sogar. Auch ich habe, ähnlich wie Du, den innigen Wunsch, dem Leben viel Schönes abzugewinnen.

Ein Hindernis hierzu gibt es allerdings auch für mich und das ist die Zeit in die wir alle hinein geboren wurden. Sie nimmt uns mitunter viel zu sehr in Anspruch. Bedenke, nur wenige Menschen können mit diesem wertvollen Gut – der Zeit – umgehen. Zu diesen Menschen möchte ich auch gehören.

Inzwischen habe ich auch gelernt, für längere Zeit alleine zu sein. Streng genommen bin ich jedoch nicht allein, nur oft nicht zu zweit. Diese Veränderung in meinem Leben hast Du, ohne es zu spüren, wesentlich mitbestimmt. Um diesen Zustand für uns beide zu ändern, dazu hat Dir ganz einfach die Geduld gefehlt und nicht nur die Zeit.

In den nun folgenden Tagen und Wochen bleibt mir deshalb genügend Zeit, oft über uns und besonders über Dich nachzudenken. Dabei fällt mir auf, dass es Augenblicke gibt, in denen ich Dich besitzergreifend verehre.

Der ständige Leistungsdruck bedingt, dass
wir viel Zeit in unserem Leben sinnlos vertun.

Tragik bedeutet, kein Ziel mehr vor Augen zu haben,
trotzdem aber weiter hasten, als hätten wir Ameisen
im Blut.

Das Gute im Menschen darf nicht verströmen,
sonst wird das Leben zur Last.

Komplexe entstehen, wenn man ruhig niedersitzt
und nicht in die Ereignisse eingreifen kann.

Kein Tag im Leben darf vergehen, an dem wir nicht
an das Gute glauben und die Sonne sehn.

Der Geist macht lebendig, und Waffen bringen den Tod.

Das Böse beginnt immer mit der Absicht und
nicht mit der Tat.

Ein Brief aus der Zukunft

Mein Wunsch vor 200 Jahren war der, dass nur noch eine Naturkatastrophe in Form eines Erdbebens und einer gewaltigen Sintflut diese Welt und ihre uneinsichtigen Menschen ändern würde. Ich war davon überzeugt, dass der damalige Mensch nicht nur das intelligenteste, sondern auch das dümmste und schlimmste Wesen auf Erden war.

Die ihm vom Schöpfer zugedachte Aufgabe, sich die Erde untertan zu machen, schien er entweder nicht verstanden zu haben, oder, er hatte seine Fähigkeiten hierzu undankbar missbraucht. Der Ruf nach einem neuen Menschen, einem besserem und vor allem einem klügeren Wesen wurde in mir laut.

Und endlich war es dann im Jahre 2020 so weit. Eine gewaltige Sintflut hatte mir meinen geheimen Wunsch erfüllt, der ja eigentlich nur der Ausdruck einer Ohnmacht war. In nur wenigen Tagen schien alles vorbei zu sein. Ein gewaltiger Sturm, der zu einem Orkan wurde, peitschte das Wasser der Meere und der Ozeane über die ganze Erde. Eine Chance zu überleben hatte kaum ein Mensch. Ich hörte die Todes- und Angstschreie aus Milliarden Kehlen – und, oh Wunder, zum erstenmal hatten die um ihr Leben kämpfenden Menschen eines gemeinsam, nämlich die Todesangst.

Wer hatte an ein so schnelles Ende geglaubt und daran gedacht, dass es letztlich doch noch eine höhere Gewalt geben musste. Aber zu spät. In meinem Kopfe hämmerte der Text meines Wunsches, den ich in die nachfolgenden Verse gefasst hatte: (Neubeginn).

Neubeginn

Lass lieber Gott die Erde brennen
hol alle aus dem Schlaf
lass sie um ihr Leben rennen
komm, lieber Gott, sei brav.

Gieß Lava über unsere Erde
lösch alles Leben aus
damit es dunkel werde
spei Himmel Feuer aus.
Peitsch Meere und die Ozeane
schick dunkle Wolken uns herab
dann öffnen sich auch die Vulkane
die bauen uns das größte Grab.

Noch einmal soll die Erde brennen
mach sie wieder glatt und rund
lass alle um ihr Leben rennen
zieh alle in den Grund.

Danach soll alles neu beginnen
ein jeder sei dem andern gleich
und niemand ganz und gar von Sinnen
niemand arm und alle reich.

Freiheit durch Untergang

Das Ende der Menschheit und somit auch das Ende der Geschichte ist möglich – denn, es ist durchführbar: nur, wir trauen uns nicht daran zu denken und schon gar nicht, daran zu glauben.

Wir alle leben in einer Zeit tiefster Diskrepanz, getragen von einer auffallend antiquierten Lebenseinstellung des einzelnen in der Masse. Dieses Verhalten hat seinen Ursprung sicher darin, dass wir beispielsweise mehr Güter herstellen, als wir brauchen und dabei den Zweck verfolgen, uns dauernd vor uns selber bloßzustellen. Dadurch nähern wir uns sehr schnell, ja viel zu schnell der Unvorstellbarkeit, und dabei abseits jeder menschlichen Realität, die wahren Auslöser der ständig sich wiederholenden Naturkatastrophen zu sein.

Da der „Schrecken" für uns zu einem Fremdwort geworden ist, werden wir immer unfähiger, die Folgen der sich um uns veränderten Welt richtig einzuschätzen. Mäßigung ist somit angesagt; nur, wie wollen wir damit beginnen. Erschwerend kommt die Erkenntnis hinzu, dass die Grenze des Erfassbaren längst überschritten ist. Insbesondere ist die Technik in ihrer gesamten Breite für uns unüberschaubar geworden und sie macht uns Angst. Solange wir noch fähig sind, etwas zu erfassen und um es zu begreifen, fühlen wir uns sicher. Jedoch all das, was sich unserer Vorstellung entzieht, bedrückt und erdrückt uns gleichermaßen.

Wieviel Zeit bleibt uns da noch, das Schlimmste abzuwenden. Um es einmal klar und deutlich zu formulieren, der Zenit scheint längst überschritten. Es bleibt uns gerade noch Zeit, unsere ganz persönlichen Dinge zu ordnen. Einen gewaltigen Scherbenhaufen hinterlassen wir so wie so.

Was geschieht, wenn wir morgens erwachen und mit Dunkelheit beginnt der Tag. Abnorm und unrealistisch werden viele denken und es auch sagen. Und wenn es nun doch passiert? Angstschweiß wird uns befallen. Oder, wie wäre es mit einem kleinen Erdbeben; erst ganz leicht und sachte, anschließend ein lauter Knall, Häuser und Bäume und wir Menschen verschwinden in sekundenschnelle in einem großen Krater. Nichts stünde mehr auf diesem unserem schönen Planeten. Die Erde würde wieder glatt und rund und ein schöner Feuerball.

Freiheit durch Untergang – lieber Gott, lass uns das nicht erleben.

Wanderer, bleib doch mal stehn

Schon früh in jungen Jahren
da zog der Wanderer aus
als andere noch Kinder waren
verließ er froh das Elternhaus.

Den Wanderstab in seiner Hand
mit festem Schuhwerk Schritt für Schritt
zog singend er durch's Vaterland
das Bild der Eltern nahm er mit.

Sein Weg führt über Stock und Stein
durch Wald und Wiesen, vorbei an See'n
bei Regen und bei Sonnenschein
ein Wanderer bleibt niemals steh'n.

Sei denn, der Durst zwingt ihn zur Rast
und Hunger schwächt die Glieder
der Rucksack drückt mit schwerer Last
ihn hügelsteigend auf und nieder.

Nun bleibt der Wanderer endlich steh'n
der Himmel ist sein Dach und Zelt
kann jetzt die Pracht des Waldes seh'n
die er nicht kaufen kann für all sein Geld.

Schreiende Jugend

Was ist heut mit der Jugend los
wo sind ihre Werte geblieben
genießen alles bedingungslos
und wer hat sie dazu getrieben.

Wer hat das Umfeld ihr geschaffen
die Welt mit Saus und Braus
es waren sicher nicht die Affen
schuld hat sehr oft das Elternhaus.

Konsum bestimmt ihr Leben
genießen alles Zug um Zug
nur nehmen und nicht geben
es gibt ja Gott sei Dank genug.

„Die Technik hat uns überrannt
so schreit's aus ihren Kehlen
alle haben dies erkannt
verführen uns zum Stehlen".

Sie ziehen durch die Strassen
und schreien es hinaus
das ist nicht zum Spaßen
„kommt aus den Häusern raus".

Letztlich seid ihr Alten schuld
an unserer Unzufriedenheit
nehmt deshalb an die Ungeduld
„die uns auseinander zweit".

Alle könnten glücklich sein,
jeder von uns – ob groß oder klein.